Vente du Mercredi 27 Avril 1892

A DEUX HEURES

HOTEL DROUOT, SALLE N° 7

TABLEAUX ET AQUARELLES

ANCIENS ET MODERNES

ESQUISSES, DESSINS, GRAVURES

PROVENANT EN PARTIE

De l'Atelier de feu Eugène CICÉRI, Artiste Peintre

EXPOSITION PUBLIQUE

Le Mardi 26 Avril 1892, de 2 heures à 5 heures 1/2

COMMISSAIRE-PRISEUR :	EXPERT :
Mᵉ Léon TUAL	**M. S. MAYER**
Rue de la Victoire, 56	Rue Laffitte, 5

PARIS — 1892

IMPRIMERIE MAULDE ET RENOU

A. MAULDE & Cie

IMPRIMEURS DE LA COMPAGNIE DES COMMISSAIRES-PRISEURS

Rue de Rivoli, 144

CATALOGUE

DES

TABLEAUX ET AQUARELLES

ANCIENS ET MODERNES

ESQUISSES, DESSINS, CROQUIS, PASTELS

LITHOGRAPHIES ET GRAVURES

PAR

Isabey, Jeannin, Jongkind, Gavarni, de Beaumont
Nanteuil, E. Delacroix, etc.

PROVENANT EN PARTIE

De l'Atelier de feu **Eugène CICÉRI**, *Artiste-Peintre*

DONT LA VENTE AURA LIEU

HOTEL DROUOT, SALLE N° 7

Le Mercredi 27 Avril 1892

A DEUX HEURES

Par le ministère de Me **Léon TUAL**, Commissaire-Priseur
rue de la Victoire, 56

Assisté de **M. S. MAYER**, Expert, rue Laffitte, 5

EXPOSITION PUBLIQUE

Le Mardi 26 Avril 1892, de 2 heures à 5 heures 1/2

PARIS — 1892

CONDITIONS DE LA VENTE

Elle sera faite au comptant.

Les Acquéreurs paieront CINQ POUR CENT en sus
du prix d'adjudication.

A. MAULDE et Cie, imprimeurs de la Cie des Commissaires-Priseurs,
rue de Rivoli, 144   300—23336

TABLEAUX

Aquarelles, Dessins, Lithographies

Par Eugène CICÉRI

TABLEAUX PAR EUGÈNE CICÉRI

1 — Quai de Béthune.

2 — Un Hangar.

3 — Bouleaux (Forêt de Fontainebleau).

4 — Les Invalides.

5 — Au Bord de la Mer.

6 — La Gorge aux Loups.

7 — Bouleaux.

8 — Etude, Paysage n° 22.

9 — En Forêt, Paysage n° 10.

10 — En Forêt, Scierie de bois.
11 — Paysage Thomas.
12 — Paysage, Printemps.
13 — Laveuses (Montigny).
14 — Les Invalides.
15 — Paysage.
16 — Vache buvant à la rivière.
17 — Intérieur de Ferme.
18 — Paysage.
19 — Laveuses.
20 — Forêt de Fontainebleau.
21 — Paysage.
22 — Saint-Germain-l'Auxerrois.
23 — Étude, Paysage.
24 — Italien.

ÉTUDES

25 — Cavalier en Forêt.
26 — Charretier au Repos.
27 — Moulin de Montmartre.
28 — En Forêt.
29 — Coucher de Soleil.
30 — Nature Morte.
31 — Études diverses.

AQUARELLES ET DESSINS

PAR EUGÈNE CICÉRI

32 — Le Clos de Saint-Lazare. Juin 1848. Aquarelle.

33 — La Gelée en 1879, en forêt.

34 — Six Superbes Aquarelles.

35 — Dix-huit Dessins et Croquis faits pour l'Ouvrage de l'*Ancienne France*.

36 — Eventail dessiné par EUGÈNE CICÉRI et terminé par LUIGI LOIR (Superbe Aquarelle).

37 — Éventail (Aquarelle).

38 — Sous ce Numéro, jolie réunion d'Aquarelles (Sera divisé).

39 — Dix-neuf Dessins à la pierre noire, encadrés : Intérieur de Ferme ; Intérieur de Cloître ; Intérieur d'Ecurie ; Intérieur de Fabrique ; Rue de Village ; Vieille Église ; Maison de Plaisance, etc., etc. (Sera divisé).

40 — Sous ce numéro : Joli choix de Dessins à la pierre noire et mine de plomb, sous verre et en feuilles ; Dessins sur Paris.

41 — Neuf Charmants Dessins dans le même cadre (Pierre noire).

GRAVURES ET LITHOGRAPHIES

ANCIENNES ET MODERNES

ŒUVRES DIVERSES

42 — **Eugène Cicéri.** Rare Lithographie faite en juin 1848, représentant les scènes et vues de Montmartre; Place de la Bastille; Place Maubert; Place St-Antoine; Clos St-Lazare, etc.

43 — Lithographies encadrées par Eug. Cicéri : Souvenirs de voyages, etc.

44 — Carton contenant des Lithographies anciennes et modernes, par Bonnington, Isabey, etc., (Sera divisé).

LITHOGRAPHIES PAR CICÉRI

COURS ÉLÉMENTAIRE

45 — Croquis à la minute. 32 planches.

46 — Ouvrage scientifique. 30 planches.

47 — Calame. 45 planches.

48 — J. Laurens. Album du chemin de fer de Lyon. 30 planches.

49 — **Gavarni.** Composition et Portrait d'Isabey. Épreuve d'artiste.

50 — Lithographies en épreuves d'artistes par et d'après ANDRIEUX, BRACQUEMOND, CALAME, CICÉRI, DIAZ, DORÉ, DUPRÉ, FRANÇAIS, GÉRICAULT, HARDING, ISABEY, RAFFET, TASSAERT, TROYON, etc., etc. (Sera divisé).

51 — Eaux-Fortes, par divers. Charges, etc.

53 — Fort lot de Photographies, Etudes d'après nature, Objets divers, vues, paysages, etc. (Sera divisé).

54 — Ouvrages Chinois, Gravures et Dessins.

TABLEAUX ANCIENS ET MODERNES

PAR DIVERS

55 — **L. Boilly**. Portrait de la Belle Madame V. ? du café de la Galerie d'Orléans. (Charmante grisaille).

56 — **Alfr. Didier**. Arrestation de Charlotte Corday.

57 — **Eug. Deshays**. Moulin en Hollande.

58 — **L.-Emile Adam**. Jeune Femme à l'éventail. (Pastel).

59-60 — **École Italienne**. Fleurs. Deux beaux tableaux décoratifs dans leurs cadres en bois sculpté.

61 — **Forcade**. Basse-Cour.

62 — **E. Fourmy**. Jeune Femme aux bluets.

63 — **Jules Goupil**. Le Modèle.

64 — **Hagueman**. Femmes au sérail.

65 — **Huberty**. Les Saltimbanques.

66 — **Ch. Hoquet**. Nature morte : Cardons et Prunes.

67 — **Ch. Hoquet**. Environs de Dieppe.

68 — **Ch. Hoquet**. Château d'Angot, près de Dieppe.

69 — **Ch. Hoquet**. Chien couché (Aquarelle).

70 — **Ch. Hoquet**. Paysage (Aquarelle).

71 — **E. Isabey**. Portrait de jeune Femme.

72 — **Jongkind**. Patinage en Hollande. Signé et daté 1868.

73 — **Jeannin**. Pot de Fleurs renversé.

74 — **Jeannin**. Fleurs. Charmant tableau ovale.

75 — **Lambreck**. Intérieur de cuisine avec figures.

76 — **Miéris**. Le Retour de Chasse. Charmant tableau superbe de coloris.

77 — **Normand Saint-Marcel**. Foire aux Chevaux, à Pontoise.

78 — **Normand Saint-Marcel**. Foire aux Chevaux, à Montereau.

79 — **Normand Saint-Marcel**. Examen d'un Cheval dans une rue de village.

80 — **Normand Saint-Marcel**. Intérieur de Cour à Fontainebleau.

81 — **Normand Saint-Marcel**. Jument normande (Étude).

82 — **Normand Saint-Marcel**. Le soir par un temps de neige. (Hauteur de Recloses).

83 — **Pasini**. Paysage (Étude).

84 — **Palizzi**. Tête de Dindon (Étude).

85 — **H. Rigaud** (?). Portrait de vieille Femme, présumée mère de l'Artiste (Pastel).

86 — **Tassaert** (?). Jeune Femme et Perroquet (Étude).

87 — **Van Ostade** (?). Intérieur de Cabaret avec nombreuses figures.

88 — **Van Marcke** (?). Les deux Amies. Très beau tableau superbe de coloris.

89 — **Vollon**. Poissons et Crevettes (Esquisse).

90 — **Voigt**. Jolie Habitation près d'un canal.

91 — Sous ce numéro Tableaux et Études par divers.

DESSINS PAR DIVERS ARTISTES

92 — **Beauvoir** (Roger de). Lettre illustrée adressée à Eug. Cicéri.

93 — Charges, Portraits de Cicéri père et Duponchel.

94 — Sous ce numéro Croquis à la plume, aux crayons, Charges de JONGKIND, d'ALLEMAGNE, etc. (Sera divisé).

95 — **E. de Beaumont**. Propos d'amour. (Aquarelle pour écran).

96 — **Nanteuil** (Célestin). La vieille Marthe la fileuse (Dessin rehaussé de gouache).

97 — **E. Delacroix**. Roches et Paysages (Aquarelle).

98 — **Th. Frère**. Au Désert (Aquarelle).

99 — **Gavarni**. Si l'on se fichait de moi ! (Superbe aquarelle).

100 — **Girard** (Eug.). Portraits charges à la plume.

101 — **Browne** (Henriette). Portrait de jeune Femme (Crayon).

102 — **Heim** (?). Napoléon Ier vu de profil (Crayon noir sur papier bleu rehaussé de blanc).

103 — **Hervier**. Paysage (Aquarelle).

104 — **Hervier**. Effet du soir (Aquarelle).

105 — **E. Isabey**. Cabane et Voiture (Mine de plomb).

106 — **Jongkind**. Aquarelle.

107 — **Linder**. Jeune Femme en promenade. (Aquarelle).

108 — **J.-F. Millet**. Le Repos (Pierre noire).

109 — **Morin**. Autour du lac au bois de Boulogne (Aquarelle).

110 — **J.-B. Millet**. Vaches au pâturage (Pierre noire).

111 — **P.-P. Prud'hon** (?). Portrait de M. de Sommariva, assis, tenant un livre (Crayon rehaussé).

112 — **L. Pils**. Soldat gaulois (Sanguine).

113 — **Th. Rousseau**. Sous les arbres. (Pierre noire rehaussée).

114 — **Th. Rousseau**. Sur les hauteurs. Roches et Paysages (Plume et lavis).

115 — **Th. Rousseau**. Environs de Fontainebleau (Plume).

116 — **Sabatier**. Invalide. Charge (Aquarelle).

117 — **F. Willems**. Les Adieux (Crayon).

118 — Sous ce numéro : Superbes Croquis, Mine de plomb, Pierre noire, *Vues de Paris*, etc. Dessin par divers (Sera divisé).

119 — Sous ce numéro : Dessins à la plume, Sanguines, Crayons, Aquarelles.

120 — Curieux carton d'Aquarelles et Dessins, Croquis d'après nature sur la **Russie**, contenant aussi les lithographies faites d'après ces documents par Eugène Cıcérı.

RED. :

16

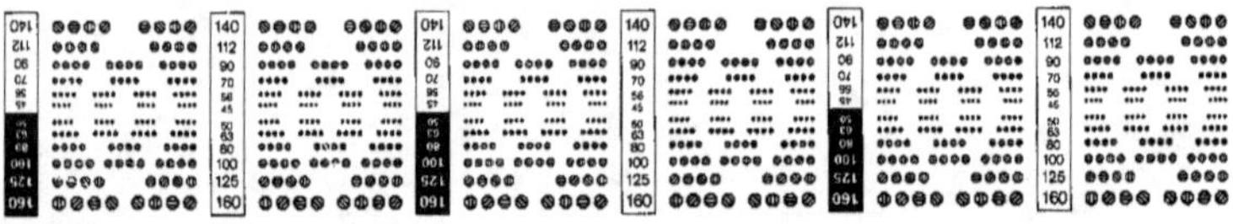

graphicom

379.89.70

MIRE ISO N° 1
NF Z 43-007
AFNOR
Cedex 7 - 92080 PARIS-LA-DÉFENSE